TRANSAS & TRAMAS

Alexandre Azevedo

Que azar, Godofredo!

crônicas

Ilustrações: Nelson Cruz

CB137537

19ª EDIÇÃO

Conforme a nova ortografia

Atual Editora

Copyright © Alexandre Azevedo, 1989.

SARAIVA Educação S.A.
Avenida das Nações Unidas, 7.221 — Pinheiros
CEP 05425-902 – São Paulo — SP
www.editorasaraiva.com.br

Tel.: (0xx11) 4003-3061
atendimento@aticascipione.com.br

Todos os direitos reservados.

Dados Internacionais de Catalogação na Publicação (CIP)
(Câmara Brasileira do Livro, SP, Brasil)

Azevedo, Alexandre.

Que azar, Godofredo! : crônicas / Alexandre Azevedo ; ilustrações Nelson Cruz. — São Paulo : Atual, 1989. — (Série Transas e Tramas)

Inclui roteiro de leitura.
ISBN 978-85-7056-201-2

1. Literatura infantojuvenil I. Cruz, Nelson. II. Título. III. Série.

89-1002 CDD-028.5

Índices para catálogo sistemático:

1. Literatura infantojuvenil 028.5
2. Literatura juvenil 028.5

Série **Transas & Tramas**

16ª tiragem, 2020

Editora: Sonia Junqueira
Assistentes editoriais: Henrique Félix/Thais H. Falcão Botelho
Preparação de texto: Renato Nicolai
Revisão: Pedro Cunha Jr. e Lilian Semenichin (coords.)
Diagramação e arte: Tania Ferreira de Abreu
Produção gráfica: Antonio Cabello Q. Filho/Silvia Regina E. Almeida

Projeto de capa: Sérgio Fernando Luiz
Roteiro de leitura: Isabel Cabral
Composição: Linoart Ltda.
Impressão e acabamento: Bercrom Gráfica e Editora

CL: 810641
CAE: 602396

À Elisa, minha mulher
Aos meus pais

As crônicas que compõem este livro foram publicadas nos jornais Diário da Serra, Correio do Estado, A Crítica, Jornal da Cidade *e* Jornal do Brasil Central.

SUMÁRIO

Humor

passagem para Pasárgada

"Vou-me embora pra Pasárgada
lá sou amigo do rei
lá tenho a mulher que quero
na cama que escolherei
vou-me embora pra Pasárgada"

Manuel Bandeira

O cara chega na estação rodoviária, dirige-se ao guichê de uma empresa:

— Me vê aí uma passagem.

— Pra onde?

— Pra Pasárgada. Vou-me embora pra Pasárgada.

— Sinto muito, fazemos linha somente no interior paulista. Não serve pra Botucatu?

— Não. Tem que ser pra Pasárgada.

— Então tente outra empresa. Quem sabe a São Jorge... ?!

Tentou. Ao chegar no guichê da viação São Jorge, perguntou:

— Tem passagem pra Pasárgada?

— Pasárgada..., Pasárgada..., fica no estado de Goiás?

— Não sei, pode ficar...

— Peraí um pouquinho, tá?

O funcionário da empresa grita para o seu colega de trabalho:

— Ô João, Pasárgada fica em Goiás?

— Não, que eu saiba não.

O funcionário volta-se para o homem:

— Infelizmente não. Talvez fique no Mato Grosso do Sul. Tá vendo aquela empresa ali?

— Tô.

— Pode ser que...

O homem vai até lá. Espera alguns minutos na fila e finalmente:

— Pasárgada fica no Mato Grosso do Sul?

— Não. Ouvi dizer que é no Maranhão, pertinho de São Luís.

— Obrigado.

O homem dirige-se a uma empresa nordestina:

— Quero uma passagem pra Pasárgada.

— Tá maluco? Pasárgada fica perto de Sabará, Minas Gerais. A empresa Tiradentes é quem faz essa linha. Esta empresa só vai para o Nordeste.

Caminhou meio desanimado para a viação Tiradentes:

— O funcionário da empresa Padre Cícero me informou que Pasárgada fica próxima a Sabará. Me dá aí uma passagem.

— Ele deve ter-se enganado, meu senhor. Pasárgada é uma cidade paraense. Um amigo meu até já foi pra lá!

— Então quero uma passagem pro Pará.

— O senhor dirija-se àquela empresa ali. Nossos ônibus só vão até Minas Gerais.

Já cansado de tanto andar pela rodoviária, o homem não se deixa desanimar por completo:

— Quero uma passagem pro Pará.

— Belém?

— Não. Pasárgada.

— Pasárgada? Tem certeza?

— Tenho. Fui informado que Pasárgada fica no interior paraense.

— Não fica não. Há vinte anos que trabalho nesta empresa e nunca vendi uma passagem pra essa tal de Pasárgada. O senhor não confundiu Pará com Paraná?

— Pode ser... mas, o senhor tem certeza que não é no Pará?

— Tenho. Garanto pro senhor.

E qual é a empresa que vai pro Paraná?

— É aquela ali, tá vendo?

— Tô. Obrigado.

Quase sem voz o homem sussurra ao ouvido do vendedor:

— Quanto custa a passagem pra Pasárgada?

— Pasárgada fica no Brasil?

— Acho que fica.

— Se fica, pode ter certeza que não se encontra no Paraná! Que tal conhecer Foz do Iguaçu? Já viu as cataratas de perto?

— Obrigado, já conheço. Eu quero mesmo é ir pra Pasárgada.

Depois de percorrer todas as empresas, caminhou para a saída da rodoviária, mas reparou que não havia perguntado para aquela escondidinha ali no canto:

— Viação Sonhos do Poeta, às suas ordens.

— Quero ir pra Pasárgada, tem passagem?

— Sinto desapontá-lo, mas a empresa fechou essa linha.

— Por quê?

— Não deu lucro.

— Ué, eu ouvi dizer tanta coisa bonita sobre lá.

— Sim é verdade. Mas faz tempo que trabalho aqui e uma só pessoa foi para lá, por isso resolveram fechar.

— E quem foi?

— Um minutinho, deixa eu verificar no registro. Pasárgada..., Pasárgada..., tá aqui! Foi um tal de Bandeira, Manuel Bandeira. O senhor conhece?

— É, já ouvi falar, dizem até que ele era amigo do rei...

O juiz

Foi em pleno julgamento do filho do Prefeito que o Juiz teve um ataque cardíaco e virou presunto.

Com o julgamento adiado, o Prefeito não se conteve:

— Justo agora o desgraçado teve que empacotar! Gastei uma dinheirama para garantir a inocência do meu filho e o sujeito desmonta daquele jeito!

E a pequena cidade estava em véspera de festa. A comemoração da emancipação era no fim de semana. Até mesmo um futebolzinho estava programado para o domingo. Era contra a cidade vizinha, um verdadeiro clássico! Mas agora o Prefeito estava preocupado, seu filho teria que ser libertado antes da comemoração, uma questão política. Um novo Juiz chegaria nos próximos dias e o Prefeito teria que usar do mesmo procedimento.

— Será que vai ser fácil comprar o homem? — falou o Prefeito, passando a mão pelo farto bigode.

Dois dias antes da festa o Juiz apareceu. O Prefeito na estação rodoviária foi recebê-lo:

— O senhor é o Juiz?

— Sou sim, senhor. Estou um pouco cansado da viagem, mas estarei pronto para atuar.

— Ótimo, seu Juiz, ótimo!

No caminho até o hotel, o Prefeito explicou a situação ao Juiz e de cara foi logo oferecendo o dinheiro. O Juiz ficou sem entender, quis explicar, tentou dizer algo, mas o Prefeito não permitiu:

— O dobro, seu Juiz, o dobro!

Era muito dinheiro, o Juiz não resistiu:

— Pagamento imediato?

O Prefeito limpou os cofres da Prefeitura e conseguiu o dinheiro. O Juiz ainda teve a petulância de conferir:

— Está certo, seu Prefeito! Então está combinado. Pode ficar tranquilo.

Na manhã seguinte, o Juiz acordou cedinho. Tomou o primeiro ônibus e desapareceu do mapa.

Naquele mesmo dia chegava à cidade o Juiz de Direito. Na Prefeitura, encontrou-se com o Prefeito:

— Senhor Prefeito? Sou o Juiz.

— Como vai o senhor? Não o esperava tão cedo. O jogo de futebol é só no domingo!

— Futebol? Que futebol?

— Uai, o senhor não veio apitar o clássico de domingo?!

o bilhete

Teófilo era casado há mais de trinta anos. Um certo dia acordou e resolveu não querer mais a mulher. Sentiu-se cansado daquela monotonia. Cansado da rotina. Cansado de ser o marido exemplar. Enfim, cansado da Eunice, sua mulher. Eunice lavava os cabelos no banheiro. Teófilo aproveitou para fazer as malas. Deixou um bilhete afixado no espelho da penteadeira e se mandou. Eunice saiu do banho e chamou pelo marido. Não respondeu. Levou um susto quando, ao abrir o guarda-roupa, não encontrou as roupas do marido. Viu o bilhete no espelho. Leu: "Fui embora. Não espere por mim".

Eunice não esperou. Tratou logo de refazer sua vida. Badalações, boates, festinhas sociais, tudo o que ela queria fazer durante o casamento e não fez. Sentia-se outra mulher. Aquilo sim era vida.

Algum tempo depois, Teófilo se arrependeu. Voltou para casa. Eram nove horas da noite. Não encontrou a mulher. Pensou: deve ter ido à casa da mãe. O que Teófilo não sabia era que Eunice todas as noites saía para um programinha qualquer. Um chopinho com os novos amigos, um cineminha, uma esticada na boate.

Eunice voltou e encontrou Teófilo deitado na cama. Era de madrugada. Meio zonza, foi logo gritando:

— Quem taí?

— Sou eu, querida — disse Teófilo, abrindo um largo sorriso.

— Teófilo! Que Teófilo?

— Ora, querida, o seu maridinho!

— Olha, meu senhor, que eu saiba eu não sou mais casada. E nem sequer me lembro do nome do meu ex-marido.

Teófilo pensou que estivesse no apartamento errado. Será? Não. Tudo estava como antes. Exceto, é claro, Eunice que tinha mudado um pouquinho. Talvez emagrecido um pouco, um novo penteado. Mas com trinta anos de casado era impossível esquecer sua fisionomia. Eunice, cansada da longa noite, disse:

— Se você quiser dormir aqui, pode dormir. Mas amanhã cedinho caia fora!

— Mas meu bem...

— Boa noite! E vê se não ronca.

Lá pelas onze, Eunice acordou:

— O quê?! Teófilo?

O marido acordou meio assustado. A mulher continuou:

— Que é que você está fazendo aqui, homem de Deus?

— Voltei, querida! Senti saudades...

Eunice mostrou o bilhete que estava guardado debaixo do colchão:

— E isto aqui, não vale nada?

— Esqueça isso, querida — pegando o bilhete de suas mãos e rasgando-o.

Eunice foi até a cômoda, retirou de dentro da gaveta um

revólver e apontou para Teófilo:

— Olha aqui, homem, ou você escreve um outro bilhete igual ao que você rasgou ou te sapeco de chumbo!

Teófilo tentou dizer algo, mas ela engatilhou a arma. Só restou ao Teófilo obedecer.

— Assina! — disse a mulher.

— O quê?!

— Assina o bilhete, homem!

Eunice pegou o bilhete, foi ao xérox e tirou uma fotocópia. Depois ao cartório e reconheceu firma. Mostrou a fotocópia autenticada ao marido. Guardou o original no cofre do banco.

um pequeno equívoco

Três horas da madrugada. Juvenal ainda permanecia no bar. O garçom teve que carregá-lo à porta de saída. Escorou-se num ponto de ônibus e pôs-se a pensar na vida. Na mulher, no filho, no emprego que perdera. Minutos depois tomou coragem e foi para sua casa, ou melhor, seu apartamento. Seguiu cambaleando, tropeçando, escorregando, caindo de vez em quando, mas seguiu. Ao chegar no prédio, subiu as escadas. Juvenal morava no terceiro andar, mas parecia que morava no vigésimo, tamanha foi a demora. A cada degrau que subia, descia dois. Com muito sacrifício chegou. Nem mesmo estranhou encontrar a porta encostada. Era costume avisar à mulher que verificasse se todas as portas estavam trancadas. Entrou, fechou a porta, tirou os sapatos e foi para a cozinha. Abriu a geladeira, bebeu água no gargalo da garrafa. Estava com fome, abriu o armário, nada encontrou. Foi ao banheiro. Olhou-se no espelho e ao ver seu rosto refletido teve vontade de vomitar. Abriu a braguilha da calça, levantou a tampa do vaso e urinou no bidê. Ouviu uma voz estranha vinda do quarto. Era voz de homem. Ficou imóvel por alguns segundos e esperou confirmação. Outra vez a voz, ele escutou. Pensou: aqui em casa não existe outro homem além de mim. Pensamento lógico. Naquele lar eram três: ele, a mulher, o filho recém-nascido. Foi até a cozinha, pegou de uma faca e partiu em direção ao quarto. Abriu lentamente a porta e ficou espreitando por um certo momento. Realmente havia um homem deitado na cama, e o que era pior, com a mulher. Desesperado, ele gritou:

— Sônia, sua ordinária!

Com a faca na mão, não pensou duas vezes. Lançou-se contra o casal com aquela fúria de marido traído. Em dois golpes, quase que simultâneos, desferiu as facadas.

Desorientado, Juvenal saiu correndo pela porta afora. A essa altura o efeito do álcool havia passado. A vizinha ao lado, no corredor, chocou-se com Juvenal e os dois foram ao chão. Rapidamente a mulher se levantou, e com as mãos na cintura, perguntou:

— Juvenal, o que você estava fazendo no vizinho a uma hora dessas?

Visivelmente perturbado, Juvenal colocou as mãos no rosto e pôs-se a chorar.

S...?

Solange tinha dezoito; Soraia, dezessete; Simone, quinze; Sara, treze; Sônia, nove; Sandra, seis e Samanta, três anos.

Sérgio já não aguentava mais tanta mulher em casa, sem contar a sua mulher Selma. Dizia ele que Deus era injusto, pois nunca lhe dera um filho homem.

Quando sua mulher engravidou pela primeira vez, foi alegria geral. Sérgio fazia planos para o garoto, passava noites e noites a procurar-lhe um nome à altura, como por exemplo: Godofredo, Anacleto, Dagoberto, Hermenegildo...

Mas chegou a sua primeira decepção: SOLANGE!

E assim dizia ele:

— Deixa pra próxima!

Selma pela segunda vez ficara grávida e a festa não foi menor.

Novos planos, novos nomes: Roberval, Teodomiro, Percival, Astrogildo...

E também nova decepção: SORAIA!

Na terceira vez não teve dúvida:

— Esse vai ser macho!

Grandes planos, grandes nomes: Napoleão, Marco Antônio, Juscelino, Getúlio, Deodoro...

E grande decepção: SIMONE!

Na quarta gestação de Selma, Sérgio começou a se preocupar. Começava a achar que não tinha vocação para ser pai de filho homem, mas não se deixou abater por completo. E dizia receoso:

— Tomara que seja menino!

Pequenos planos, pequenos nomes: Ivo, Hugo, Rui, Ito, Ado...

E pequena decepção: SARA!

E na quinta, sexta e sétima vezes não foi diferente: SÔNIA, SANDRA, SAMANTA.

Passados alguns anos, veio a mulher com um envelope, desses de laboratório, e, com a cara da mais arrependida Madalena, disse:

— Mais uma!

Então Sérgio falou:

— Desta vez faremos o tão famoso e falado ultrassom, assim não precisaremos mais nos iludir.

Foi feito o exame. E o médico, com toda a naturalidade, disse:

— É! menino.

Sérgio deu um magistral salto, desses que só são vistos nas ginastas russas e romenas em tempo de olimpíadas. E com o coração saindo pela boca, deu um beijo no médico, que ficou mais assustado que torcedor do Santos no meio da torcida do Coríntians. E saiu gritando rua afora:

— Eu consegui! Eu consegui!

Agora os planos tornaram-se realidade. Fizeram compras. Roupinhas azuis, sapatinhos azuis, chupetinhas azuis. Agora sim, tudo estava azul.

Chegou a hora do parto e Sérgio nem mesmo pensara no nome do garoto. Andava de lá pra cá e de cá pra lá, no corredor do hospital.

Algum tempo depois, o médico veio lhe cumprimentar:

— Parabéns, é uma linda criança!

Sérgio não deu muita importância ao médico e saiu voando em direção ao quarto de Selma:

— Cadê nosso filho?

— Está no berçário — respondeu ela.

E com voz trêmula e cansada, Selma continuou:

— Sérgio, você ainda não escolheu o nome da criança?

— Não — respondeu ele eufórico —, prefiro que você mesma escolha.

— Então vai ser SUELI.

O quê, caro leitor? Não entendeu o final? Mas é simples!

Nunca confie num exame médico!

o vendedor

A campainha toca:

— Pois não?

— Bom dia! Eu sou...

— Muito obrigado, eu não quero!

O homem bate a porta na cara do vendedor. Mas este não desanima e toca a campainha novamente:

— Já disse para o senhor que não quero comprar nada!

— Como é que o senhor adivinhou que sou vendedor?

— Ah! Com essa pilha de livros nas mãos, o senhor seria o quê? Papai Noel?!

— Bom, mas...

— Tenha um bom dia, meu senhor!

Agora mais irritado, o homem empurra o vendedor para fora. Alguns segundos após:

— Pô, mas o senhor é insistente, hein?

Antes mesmo do homem fechar a porta, o vendedor rapidamente entra na casa, e, já sentado na poltrona, despeja sua coleção de livros sobre a mesa:

— Este é o novo lançamento, tenho certeza de que o senhor ainda não o adquiriu, não é?

— É, mas não me interessa! Se o senhor me der licença...

— Claro, mas antes mostrarei ao senhor nossa enciclopédia, não vai demorar muito, certo?

— Certo, certo. Mas seja rápido, já estou atrasado.

Depois de mostrar todo o material:

— Que tal? Vamos adquiri-la?

— Já te disse que não me interessa, além do mais eu não posso pagar.

— Mas se esse é o problema, está resolvido. Nós temos planos ao alcance de todos. Prestações suaves. O senhor nem sentirá no bolso.

Após a insistência do vendedor, o homem, para se ver livre, acaba comprando a enciclopédia:

— Está bem, está bem. Eu fico com essa, mas, pelo amor de Deus, agora vá embora, tá?

— O senhor não vai se arrepender, até logo!

— Adeus!

O vendedor sai satisfeito da vida, enquanto o homem resmunga algumas palavras incompreensíveis. No outro dia, logo pela manhã, toca a campainha:

— O senhor de novo? Já não comprei essa porcaria ontem?

— Sim, mas o senhor não deseja ficar sócio do nosso clube campestre?

o suicida

Resolveu suicidar-se. Andando pelas ruas da cidade, procurou o edifício mais alto. Encontrou. Parou em frente. Olhou para cima e ficou a observar por alguns instantes. Estava mesmo decidido, não vacilou. Dirigiu-se à portaria. Chamou o elevador que se encontrava no quadragésimo andar. Virou-se de costas e esperou a sua chegada. Chegou. Abriu a porta, apertou o botão que assinalava o número quarenta. Vagarosamente, o elevador subia. Estava sozinho. Parou no vigésimo quinto. Uma senhora de cabelos grisalhos abriu a porta e perguntou:

— Desce?

— Sobe — respondeu ele friamente.

Continuou subindo. Parou. Abriu a porta. Estava no último andar de sua vida. Procurou a escada que dava ao terraço. Subiu tranquilo os poucos degraus. Empurrou a porta de ferro. E lá estava a pular para fora da vida. Caminhou em direção ao parapeito. Ficou se equilibrando, suas pernas tremiam. Sentiu uma tontura ao olhar para baixo.

Esperou alguns minutos, pensou na vida que levava. Nada o faria desistir. Uma multidão se formou lá embaixo. Pessoas apontavam para cima. Escreveram no asfalto com tinta branca: "Não pule". Não deu importância àquilo. A queda seria rápida? Em quanto tempo chegaria ao solo? Morreria no meio do caminho? Estava pensativo. A multidão aumentou. Pessoas tentavam de todas as maneiras fazê-lo desistir da ideia de pular. Não quis saber. Pulou...

E a cada janela por que passava, via a vida de cada morador, as suas dificuldades, as suas agonias, os seus sofrimentos. Por que estava fazendo isso, se todas as pessoas eram iguais a ele? Uma lágrima saiu de seus olhos. Ao chegar no segundo andar viu uma criança brincando na sala.

No primeiro andar arrependeu-se.

mania de perseguição

Alcelina procurou o psicanalista. Às três da tarde compareceu ao consultório. O doutor mandou-a deitar-se no divã. Acomodada, ela começou:

— Estou ficando louca, doutor.

— Normal, senão não teria me procurado — respondeu ele friamente.

— Mania de perseguição, doutor. É todo dia assim. Quando saio de casa sinto aquela sensação estranha de que alguém está me seguindo.

— Continua — disse o doutor, interessado no caso.

— Mas nunca descubro nada, doutor.

O doutor ouviu a paciente pacientemente. Conversou mais um pouco e marcou nova consulta.

Durante uma semana, Alcelina visitou o psicanalista.

— Nada, doutor. Ainda sinto aquela estranha sensação.

O doutor acendeu um cigarro e falou:

— Seu caso é grave. Faremos novas sessões.

E assim foi durante um mês, sem o doutor conseguir sanar o problema.

A cada dia que passava, Alcelina se sentia mais deprimida, com a nítida certeza de estar sendo perseguida. Ao marido, nada falava. Não queria importuná-lo. Mal sabia ele que todas as tardes Alcelina tinha hora marcada com o psicanalista.

No final do mês, o relatório estava pronto. O detetive particular telefonou para o marido da Alcelina.

— É isso mesmo, doutor — disse o detetive com convicção de caso bem solucionado.

— O que você está me dizendo?! — espantou-se o marido.

— Sua mulher tem um caso com um psicanalista, doutor!

que confusão!

— Manhê!

— Que é, meu filho?

— Olha só como tá estrelado, né?

— É, tá bonito.

— Manhê! Quantas estrelas tem no céu?

— Sei lá, menino, milhares.

— Puxa!

— ...

— Manhê! Quanto é que são milhares?

— Ora essa, são muitas, que a gente nem consegue contar.

Pausa.

— Manhê!

— Que é, menino, que é?

— Por que de dia não tem estrelas?

— Tem sim. Você sabia que o Sol é uma estrela?

— Puxa!

Pausa.

— Manhê!

— Hummm.

— O Sol é uma estrela, né?

— É.

— Então por que não aparece de noite?

— Porque à noite tem a Lua.

— Ah! A Lua também é uma estrela?

— Não, menino, a Lua não.

— Se o Sol é uma estrela, por que a Lua não pode ser também?

— Sei lá, menino. Pergunte pra sua professora, tá?

Pausa.

— Manhê! Tá vendo aquela estrela grandona lá?

— Tô. Aquela lá é Vênus.

— Ué, a professora de geografia falou que Vênus é um planeta!

— E é.

— Então por que a senhora falou que Vênus é uma estrela?

— Falei, é?

— Falou.

Pausa.

— Manhê! A Lua é um planeta?

— Não, meu filho. Os planetas são nove: Terra, Marte, Júpiter, Vênus...

— Uai, Vênus não é uma estrela?

— Já falei pra você perguntar pra sua professora.

Pausa.

— Manhê! Se a Lua não é estrela nem planeta, o que ela é?

— ...?

Pausa.

— Manhê! A Terra também é uma estrela?

— Pelo amor de Deus, menino, já te falei que a Terra é um planeta!

— Ah! É mesmo. Mas se Vênus é planeta e estrela, por que a Terra não pode ser estrela?

Uma longa pausa. O menino pergunta para a mãe, que está compenetrada em seu tricô:

— Manhê! Como é mesmo o nome daquela estrelona lá?

— É Vê... Ah! Menino! Vou chamar seu pai pra ficar aqui com você. Eu não aguento mais!

Nisso o pai senta-se ao lado do menino.

— Paiê!

— Que foi, filhote?

— Olha só como o céu tá estrelado, né?

traição

— Querida! Querida!

— Hummm.

— Tá dormindo?

— Tô.

— Você ouviu?

— O quê?

— Um barulho.

— Ora, vá dormir. Já é tarde.

— Mas, você não ouviu?

— Ouviu o quê, meu bem?

— Um barulho. Acho que veio de dentro do guarda-roupa.

— Guarda-roupa?! Ai, meu Deus!

— O quê? O que foi?

— Nada, nada. Vai ver é o gato...

— Que eu saiba eu não tenho nenhum gato aqui.

— É que eu trouxe de presente para você e esqueci de falar.

— Como assim? E o que é que um gato ia tá fazendo dentro do meu guarda-roupa?

— Sei lá, meu bem. Vá dormir.

— Querida! Ouvi de novo. Vou acender a luz.

— Ficou maluco?! Quer dizer... ora, não tem ninguém lá dentro.

— Mas eu ouvi. E se for ladrão?

— Que ladrão, que nada. Onde já se viu ladrão ficar dentro de guarda-roupa?!

— É, mas vou verificar...

— Não vai, não...

— Por que está tão nervosa?

— Quem está nervoso é você, eu só quero dormir.

— Tá bem, tá bem.

— ...

— Ah, outra vez! Eu vou olhar.

O homem acende a luz. A mulher fica apavorada. Tenta impedi-lo. Mas não adianta, abre:

— O quê?! Joana, quem é esse homem aqui dentro?

— Esse homem? Que homem?

— Esse aqui, ó! Vai dizer que você não está vendo?

— Ah, esse aí? É o meu marido.

— Como é que é? Então você está me traindo com o seu marido, né?

— Mas, meu bem, ele é o meu marido e...

— Então você acha que só porque é o seu marido, tem o direito de me trair?

— Mas, meu bem...

— Nem mas nem meio mas! Tá tudo acabado entre nós! Ponto final!

— Olha aqui, gente — diz o marido, tentando amenizar a situação —, vocês não precisam brigar por minha causa. Eu só estava conversando com a Joana, quando você entrou.

— Ah é, é? Então você confessa, né, seu pilantra?

— Calma, meu bem. A gente só estava conversando.

— E o que você quer aqui?

— O Juninho — diz o marido —, você conhece o nosso filhinho, né?

— É, já ouvi falar.

— Pois bem — continuou o marido —, ele está meio doente e eu só vim falar para a Joana não se esquecer de levar o remédio para casa amanhã de manhã, entendeu?

— Bom, se é assim, tudo bem.

— Então — diz o marido à mulher —, não se esqueça, hein, Joana?

— Pode deixar, meu amor, pode deixar. Boa noite.

— Boa noite, amor — diz o marido.

toma, que o filho é teu!

A mulher, com a criança nos braços, entrou na igreja gritando:

— Padre! Toma, que o filho é teu!

Era domingo, a casa de Deus estava entupida de gente. A mulher nem sequer olhou para os lados, e novamente gritou:

— Toma, Padre! Toma, que é teu!

Ouviu-se um "oh!" de espanto. As carolas fizeram o sinal da cruz, batendo com as mãos três vezes na boca. O Padre, assustado, apenas acompanhava a entrada da mulher com a criança nos braços. O coroinha, mais assustado do que o Padre, sussurrou em seu ouvido:

— Padre de Deus! E agora?

E o Padre, nada. Sua voz não saía de jeito nenhum. A mulher subiu no altar, entregando o filho ao Padre:

— Toma, Padre, toma, que eu não crio mais! — e saiu em disparada, igreja afora.

O representante de Deus pegou o guri nos braços. Um sujeito, com cara de comunista, falou para o colega ao lado:

— Olha só como é a cara do safado!

Várias pessoas começaram a sair da igreja, comentando o acontecido em voz alta para que todos ouvissem:

— Bem que eu desconfiava desse padreco de meia tigela!

— É o demo! É o demo!

Mas nem todos estavam contra o Padre:

— Eta Padre porreta, sô! Esse é dos meus!

Os mais chegados numa hostiazinha ficaram para tirar satisfação com o dito cujo:

— É verdade, Padre? Esse menino é seu?

E o Padre, nada. Silencioso, balançava o menino de um lado para outro, para impedir que chorasse.

Um outro cidadão católico, mais exaltado, gritou:

— É verdade, Padre duma figa?!

O Padre bem que tentou dizer alguma coisa, mas só conseguiu soltar sons incompreensíveis:

— Ughhhh... arghhhh... hummmm...

O coroinha tentou ajudar:

— Vamos, Padre, desembucha, homem de Deus!

O com cara de comunista, lá no fundo, soltou mais uma:

— Gente do céu! Vocês não estão vendo que o guri é a cara do homem?! Olha só os olhos, o queixo... e o nariz então?! Não dá nem pra esconder!

Os poucos que sobraram na igreja foram verificar:

— E não é que é mesmo?

— Puxa vida, é a cara do Padre!

— Jesus! E a cara dum, focinho doutro!

E o Padre olhava para o guri com os olhos cheios de lágrimas, sem conseguir dizer uma única palavra para se defender.

A notícia do ocorrido se espalhou rapidamente pela cidade e aos poucos a igreja estava tomada de curiosos.

A lei chegou. O Delegado foi ao encontro do acusado:

— Padre, é verdade o que estão dizendo por aí?

O Delegado não obteve resposta nenhuma. O coroinha interveio novamente:

— Não adianta, seu Delegado, o homem não consegue falar nada.

A imprensa chegou. Enquanto o Delegado interrogava o Padre, o repórter entrevistava os fiéis. A bagunça se formou no recinto religioso. E o Padre, caladinho, balançava o menino de um lado para outro, tentando fazê-lo dormir. O Delegado dirigiu-se ao coroinha:

— Cadê a mãe da criança?

— Entregou o filho ao Padre e sumiu, ninguém sabe pra onde.

Depois de muitas horas na igreja, vendo que o Padre nada falaria, o Delegado ordenou:

— Vão todos embora, a lei tomará as devidas providências!

E todos saíram indignados. O Delegado voltou-se para o Padre:

— Olha, Padre, esse negócio aí não é da minha competência, o senhor sabe. Não cabe à justiça averiguar o caso, cabe tão somente à igreja, é ou não é?

O Padre balançou a cabeça de cima para baixo. O Delegado continuou:

— Se realmente esse guri aí for do senhor, acho melhor desaparecer da cidade o quanto antes. O senhor sabe como é o povo daqui, ou não sabe?

O Padre novamente balançou a cabeça, afirmando que sabia.

No outro dia, antes do sol raiar, o Padre tomou o filho nos braços, beijou-lhe a testa carinhosamente e pôs o pé na estrada.

quem é que canta de galo?

— Já não aguento mais! — Juvenal reclamava ao amigo de sua situação submissa dentro de casa.

E continuou: — Qualquer dia eu explodo, caio fora de casa, você vai ver!

Realmente a sua vidinha de casado era um inferno. Em casa não apitava nada. Recebia ordens a torto e a direito:

— Juvenal, vá lavar a roupa!

— Já vou, querida, já vou.

— Juvenal, vá secar a roupa!

— Já vou, querida, já vou.

— Juvenal, vá passar a roupa!

— Já vou, querida, já vou.

Todo santo dia era assim. Sua mulher ordenava, Juvenal obedecia. Abaixava a cabeça e saía resmungando baixinho para ela não ouvir. Quando escapava um sonzinho mais alto, ela logo dizia:

— O que você disse, seu animal?!

— Nada, querida, nada.

E assim Juvenal levava a sua vidinha.

Alguns meses depois, Juvenal encontrou o velho amigo. Foram almoçar juntos. No restaurante, preocupado, o amigo quis saber como estava a sua vida:

— Na mesma, Romualdo, na mesma. Mas te digo e repito, qualquer dia eu desapareço de vez.

Naquele dia, Juvenal vagou pelas ruas, sem notar o tempo passar. Chegou tarde em casa. Sua mulher havia jantado sem esperá-lo. Juvenal entrou sorrateiramente, pé ante pé:

— Juvenaaaallllll! — gritou a mulher lá do quarto. — Onde você esteve até essa hora, seu rinoceronte?!

— É que eu, eu...

— Não quero saber! Vá lavar os pratos que estão na pia. E vai ficar sem o jantar, que eu não sou sua empregada, ouviu?

— Ouvi, querida, ouvi.

Juvenal pensava na vida, enquanto lavava os pratos, e chegou a uma conclusão: vai ser hoje.

Tomou coragem, subiu as escadas, entrou no quarto. A mulher estava deitada, lendo o jornal.

— Joana, eu...

Antes mesmo que Juvenal completasse sua frase, a mulher levantou da cama rapidamente, foi ao seu encontro, desferiu-lhe uma porrada bem no meio do escutador de novelas e falou:

— Vá dormir no sofá da sala, seu sem-vergonha, vai!

— Já vou, querida, já vou.

que azar, Godofredo!

Godofredo é sujeito azarado, disso não se tem dúvida. Quando resolve ir à praia, numa bela manhã de sol brilhante, começa a chover. Quando vai ao campo de futebol sempre se dá mal, pois ingressa na torcida adversária.

Godofredo é tão azarado que, no dia em que nasceu, ficou entalado por duas horas.

Certo dia encontrei Godofredo feliz da vida. Disse-me que a sorte tinha lhe sorrido pela primeira vez.

— O que foi que aconteceu, Godofredo? — perguntei.

— Comprei um bilhete de loteria e acertei o primeiro prêmio!

E continuou:

— Estou milionário. Já pedi demissão do meu emprego, mandei o meu patrão para aquele lugar, doei meu carro para o primeiro cara que encontrei na rua, torrei meu cartão de crédito, enfim, fiz tudo a que tinha direito.

— Então você não é tão azarado como imaginava, não é?

— Isso agora são águas passadas, agora sou um novo homem, o mais feliz e sortudo dentre os homens da Terra.

Fomos a um bar para comemorar o acontecido. Ainda era cedo, a tarde mal havia começado. Ao entrar no bar, Godofredo foi logo dizendo:

— Atenção, todos: a conta é por minha conta!

Todos que estavam ali gritaram, assoviaram e aplaudiram euforicamente. Mal acabou a baderna e todos os presentes começaram a pedir do bom e do melhor. Olhei para Godofredo e falei:

— Você não acha que está exagerando um pouquinho?

— Fica frio, agora eu dou as ordens! — respondeu-me tranquilamente.

Apesar de tudo, não acreditei que a sorte do Godofredo havia mudado da água pro vinho, e, num tom de curiosidade, perguntei:

— Posso ver o seu bilhete?

Godofredo colocou a mão no bolso interno do paletó e retirou um bilhete de loteria:

— Está aqui — respondeu-me.

Peguei o bilhete de suas mãos e examinei-o detalhadamente; e, num susto que quase me derruba da cadeira, falei:

— Você reparou que este bilhete só corre depois de amanhã?!

o repórter e o bandido

Foi quando o chefe da redação gritou para Mariovaldo Lourenço:

— Ô Mariovaldo, vai fazer a reportagem com João Boca de Caçapa!

— Cê ficou maluco, Peri, o homem é um assassino, dizem até que já matou mais de cinquenta. Se eu for lá no morro da Saudade, eu tô morto, entendeu? Tô frito! E não adianta insistir que eu não vou, não vou e não vou! Mande o Edivaldo no meu lugar. Eu não vou! E tenho dito!

E lá se foi Mariovaldo Lourenço pro morro da Saudade, perigosa favela do bairro da Pedra Bonita, fazer a reportagem com João Boca de Caçapa. Enquanto subia o morro, dizia:

— Sempre eu! Sempre eu!

Mariovaldo Lourenço chegou à porta do barraco de João Boca de Caçapa, respirou fundo, tomou coragem e bateu. Uma voz lá de dentro veio aos seus ouvidos como uma bala de canhão:

— Seja quem for, se manda!

— Seu João, aqui é do jornal. Quero fazer uma reportagem com o senhor — gritou apavorado Mariovaldo Lourenço.

— Entra com as mãos na cabeça, ô malandragem! Qualquer movimento em falso eu te mando pros inferno, tá sabendo?

E nosso amigo repórter entrou com as mãos na cabeça pedindo licença. Explicou que era do jornal e que estava ali para uma entrevista com o maior criminoso de todos os tempos.

João Boca de Caçapa gostou das palavras do jovem repórter e com um largo sorriso ordenou que Mariovaldo Lourenço sentasse na cadeira próxima à cama em que estava deitado.

E assim começou a sua entrevista:

— Me diz aí, ô seu João, como é que o senhor entrou nessa vida?

— Qualé a sua, malandragem? Vamo largá desse papo furado de "seo" e de "senhor", tá? Aqui no morro a gente somos iguais, falô?

E continuando, João Boca de Caçapa responde a pergunta do repórter:

— Ó meu irmãozinho, a gente entramos nessa por pura necessidade, sacô? A gente temos que comer ou não temos? É a lei dos mais forte! Aqui se você não almoça, acaba jantado, tá sabendo?

— E a polícia? A polícia não te preocupa?

— Tô vendo que tu é principiante mesmo, né, xará? Tu não sabe que a polícia a gente compramos? É só molhá as mãos dos hômi, que tá limpo! Nós até consegue uns berrante com eles, não sei se tu tá me entendendo, ô gente fina? As otoridades aqui não tem vez não, sabe cumé? Aqui a barra é limpa, xará! Barra limpa, tá sabendo?!

— Quer dizer que a polícia não incomoda vocês aqui?

— Peraí, ô cidadão! Repórti tem cada pergunta que vô ti contá! De vez em quando vem uns aqui, tá sabendo? Pensando que é herói, mas aí a gente "conversamos" com os caras e eles sai até dando risada, morô?

— E essa história de cinquenta mortes nas costas, é verdade?

— Tudo quanto é neguinho tá sabendo dessa história, ô cumpádi! Eu é que não fico preocupado em contá não. Mesmo porque só sei contá até o vinte, depois não me alembro mais qualé o número que vem. Só sei que foi uma porrada de nego que eu sapequei pelas quebradas, tá sabendo? Mas tudo na honestidade, só por defesa, sabe cumé?

— E nessa "porrada" havia polícia também?

— Peraí, ô cumpádi! Assim ocê complica o meio de campo. Os macaco não perturba a gente não. Os negócio com eles a gente resolvemos é na dipromacia, tu tá me entendendo?

— E qual é o seu negócio? Contrabando? Roubo? Tráfico?

— Vô ti falá um negócio procê, meu camaradinha! Aqui a gente mexemos com tudo, tá sabendo? Pintou grana na jogada, nós traça, sabe cumé?

— Pra finalizar, João, o que você pretende da vida?

— Olha, meu cumpádi, quando eu largá essa vida, quero ficá só na tranquilidade. Comprá um sitiozinho, pegá minha companheira e descansar, sabe cumé? É assim que se vévi, é ou não é?

Mariovaldo Lourenço se despede de João Boca de Caçapa, que lhe dá um abraço demorado. Ao chegar no jornal, Mariovaldo desce do táxi, coloca a mão no bolso interno do paletó, mas sua carteira havia sumido. Pede para o taxista esperar um pouco. Entra na redação. Peri grita lá do fundo:

— Demorou, hein, Mariovaldo, cê sabe que horas são?

Mariovaldo procura o seu relógio de bolso, mas ele também havia sumido.

a entrevista

Foi mais ou menos assim que aconteceu a reportagem de Mariovaldo Lourenço com seu Durvalino da Silva, lá pras bandas de Ponte Pequena:

— Bom dia, seu Durvalino!

— Dia, seu moço.

— Estou aqui para fazer uma reportagem sobre a sua vida de lavrador, pode ser?

— Vai, sô! Se eu num tivé que pagá nada...

— Não, não. Pode ficar tranquilo que é de graça.

— Qué dizê que vô saí no jornar da cidade?

— Vai, sim senhor, mas primeiro terá que responder algumas perguntas que vou lhe fazer, certo?

— Óia, seu moço, é de graça mesmo?

— É seu Durvalino, é de graça. Posso começar?

— Se fô de graça mesmo, pode.

— Onde o senhor nasceu?

— Nasci aqui mesmo em Ponte Pequena, sim senhô.

— Estado civil?

— Vô dizê umas coisa pro senhô, seu moço; esse negócio de política, eu não entendo não.

— Não é política não, seu Durvalino. Eu quero saber se o senhor é casado.

— Ah, bão! Pra lhe falá a verdade, sou, sim senhô, de paper passado e tudo. Tá lá a Conceição que num me deixa menti.

— Não é preciso comprovar, seu Durvalino, sua palavra basta. O senhor possui prole?

— Bão, seu moço, prole das grande eu num possuo não. Se o senhô oiá dereito, pode vê que meu sítio é dos pequeninho, tá mais pra prolezinha mesmo, sim senhô.

— Desculpe, seu Durvalino, eu vou ser mais claro. O senhor possui filhos?

— Ah! Prole é fio?

— É, seu Durvalino.

— Antão eu possuo, sim senhô.

— Quantos?

— Óia, seu moço, eu num sô muito bão das aritimética, não senhô. Mas tenho um punhado, sim senhô.

— Certo, mas eu preciso saber o número exato de filhos. O senhor me diga os nomes, que eu faço a soma, tá bem?

— Tá bão, sim senhô. Mas óia que é guri que num acaba mais!

— Não tem importância, seu Durvalino. Pode dizer.

— Sim senhô, seu moço. Bão, de fio hômi, eu tenho o Valdi, o Valdemá, o Valdiano, o Valdo, o Vantuí e o Valenciano que a Conceição pariu o meis passado. E de fia muié, eu tenho a Valdirene, a Valdivina, a Valdiciana, a Valquíria, a Valéria, a Valmeire e a Gertrudes, sim senhô.

— Puxa vida, treze filhos! Mas só por curiosidade, seu Durvalino, por que a Gertrudes tem nome totalmente diferente das demais?

— É que a Gertrudes é de criação, sim senhô. E óia que ela tá véia e ainda sai muito leite das suas teta. Óia o Valdemá tirando leite dela lá!

— Quer dizer que a Gertrudes é aquela vaquinha ali?

— É, sim senhô. Nóis trata ela como se fosse da famia.

— Então na verdade são doze filhos. O senhor é um herói, hein, seu Durvalino?

— Sô não, seu moço. Eu sô hômi mesmo.

— Eu tô vendo, eu tô vendo. Como é que o senhor faz para sustentar tanta gente assim?

— Eu pranto, sim senhô. Nóis cóie tudo que a terra dá. Na mesa num farta nada. E ainda tem a Gertrudes pra garanti os leite das criança, sim senhô.

— E o senhor se sente um homem feliz aqui no sítio?

— Pra falá a verdade, seu moço, sinto, sim senhô. Num farta nada, tenho minha terrinha, minha muié, meus fio, minha Gertrudes. E óia que o Valdemá inda tá tirando leite dela, eu num falei pro senhô? Eta vaquinha das boa, sô! O senhô num qué prová um tiquinho do leite dela?

— Não, obrigado, seu Durvalino. Agora, pra terminar, vamos tirar uma foto da família reunida, que é pra sair amanhã cedo no jornal, certo?

— Certo, sim senhô, seu moço! Ô Conceição, ô Conceição! Vai passá prefume e chama toda a gurizada, que nóis vai tirá fotografia!

— Está todo mundo aí, seu Durvalino?

— Tá, sim senhô, seu moço.

— Ótimo, então lá vai!

— Peraí! Peraí, seu moço. Tá fartando gente! Tá fartando gente!

— Está não, seu Durvalino. Eu contei, está todo mundo aí.

— Óia, seu moço, e o senhô acha que a Gertrudes ia ficá de fora! De jeito manera, sim senhô!

novos tempos

— Você me ama?

— Amo.

— Muito?

— Muito.

— Jura?

— Juro.

— Quer se casar comigo?

— Não sei, sou muito jovem...

— Então não me ama.

— Amo sim, já te disse.

— Jura?

— Juro.

— E por que não quer se casar?

— Sei lá, quero terminar minha faculdade primeiro.

— Que tem isso a ver? Você não precisa parar de estudar.

— E como a gente vai se sustentar?

— Eu não trabalho? No começo a gente se aperta um pouco, mas depois tudo se resolve.

— E a minha faculdade? Você sabe que é uma nota preta. Acha que papai vai continuar pagando?

— Eu pago. Deixa comigo que dou um jeito.

— Tá certo. Mas nada de filho no começo, quero me formar primeiro, tá?

— Tudo bem, tudo bem. Filhos só mais tarde.

— Filhos não. Só quero ter um. Dá muito trabalho, um já é o bastante.

— Tá bom, tá bom. Do jeito que você achar melhor, meu amorzinho.

— Então tá combinado. Amanhã você irá falar com papai, tá?

No outro dia, ou melhor, na outra noite:

— Boa noite, seu Astrogildo! Como é que vai o senhor? E a dona Josefina?

— Tudo bem. Não faça rodeios, já estou sabendo de tudo. Vocês estão querendo se casar, não é?

— É, seu Astrogildo, faz um tempão que a gente se ama.

— E você tem condições de sustentar uma família?

— No começo vai ser difícil, mas vai dar pra levar. Eu tenho um bom emprego...

— Já marcaram a data?

— Daqui a seis meses.

— Seis meses?! E o enxoval? Os convites? Os preparativos? Não acha pouco tempo?

— É que a gente se gosta muito.

— Bom, já que não tem outro jeito... Ainda bem que a Josefina de vez em quando compra uma coisinha pro enxoval da nossa criança. Você sabe como é mãe, né?

— É, sei, sim senhor. Eu até já andei comprando uns negocinhos também. Mas, por falar nisso, onde é que tá o Roberval, seu Astrogildo?

— Ô Josefina, ô Josefina, vá chamar o Roberval lá no quarto, que a noiva dele tá esperando aqui faz um tempão!

na fila

O verão havia chegado. O calor era insuportável. As pessoas se abanavam nas calçadas. O asfalto queimava os pés descalços das crianças pobres.

Foi naquela tarde que tive a desdita de ir ao banco, descontar uma quantia irrisória. Aquele cheque era a minha salvação no final de semana. Ao chegar no banco, não acreditei ao ver a fila que se formava diante do único caixa.

Pensei em voltar. A princípio não tive coragem de enfrentar a enorme fila. Mas pensei também na minha trágica situação financeira e resolvi encará-la.

O calor aumentava. O ambiente estava abafado. Uma senhora à minha frente carregava nos braços uma pequena criança que não parava de chorar. Atrás de mim, um velho tossia constantemente. Outras pessoas reclamavam um pouco adiante. E tudo aquilo para receber míseros trocados.

Já se passara mais de meia hora e eu nem na metade da fila conseguira chegar.

O caixa, de quando em vez, bocejava. Seus movimentos eram lentos, lentíssimos, e aos poucos ia atendendo às pessoas.

A mulher à minha frente desistiu de esperar. Saiu com a criança em seus braços. Naquele momento senti um imenso alívio, pois o choro da criança era tão insuportável quanto o calor. E também porque era um a menos na fila.

Agora quem estava à minha frente era um homem de idade avançada. Chapéu de palha na cabeça, baforando um intragável cigarro feito a mão, chinelos de dedos nos pés e segurando uma sacola de um branco encardido.

Uma hora depois, eu já era o segundo da fila. O calor aumentava cada vez mais. Alguns minutos e eu já estaria na rua. Mas o incrível aconteceu. O homem à minha frente retirou de sua sacola um amontoado de notas velhas, surradas, amassadas, algumas rasgadas, e entregou-as ao caixa, que lentamente conferia o dinheiro.

Meia hora já se passara. Enfim, chegou minha vez. Entreguei o maldito cheque ao funcionário, que saiu de seu lugar e foi verificar se o cliente possuía saldo. Demorou. Voltou. E com o rosto vermelho de suor, disse-me:

— Sinto muito, meu senhor, este cheque não tem fundos!

o telegrama

Toca a campainha:

— Aqui é o 934?

— Sim.

— Por favor, assine aqui.

O carteiro entrega o telegrama ao morador. Quando se vira para ir embora, o morador grita para ele:

— Ei, espera aí um pouquinho! O senhor se enganou, este telegrama não é para mim.

— Como não é?

— Ora, e desde quando eu me chamo Filomena?

— Sei lá, talvez sua esposa, filha ou coisa parecida.

— Não, senhor, eu moro sozinho.

— Mas não é aqui o 934?

— Já te disse que é.

— Então pronto, ora bolas. Se aí tá escrito 934 e se aqui é o 934, então não tem nada de errado. É aqui e pronto.

— Mas houve um engano. Eu não posso ficar com uma correspondência que não me pertence.

— E que é que eu posso fazer? Meu trabalho é esse. Eu não posso entregar um telegrama no 935 se é no 934, ou posso?

— Não, não pode. Mas se o senhor devolver para o correio, tá resolvido. Eu é que não tenho nada a ver com isso!

— Como não? O senhor não mora no 934?

— Moro.

— O telegrama não é para o 934?

— É.

— Então o senhor vai ter que ficar com isso. Que culpa tenho eu se não mora nenhuma Filomena aqui?

E se for algo importante? Alguma coisa urgente?

— O senhor se vira, eu só cumpri o meu trabalho.

— Então eu vou abrir.

— Ah, mas isso é crime! Violação de correspondência!

— Como crime? O telegrama não é para o 934?

— É, uai!

— E onde é o 934?

— É aqui, uai!

— Então pronto. O senhor mesmo não tá querendo que eu fique com ele?

— É, nesse ponto o senhor tem razão. Então vamos ler o que está escrito aí.

O morador lê em voz alta:

— "QUERIDA SOBRINHA MANDO DINHEIRO HERANÇA VOVÔ."

E, com o rosto triste, continuou:

— Puxa vida, o vovô morreu!

— Vovô? Mas como? Que negócio é esse? — disse o carteiro, sem nada entender.

— Ora, rapaz, numa hora dessas o senhor me vem com perguntas cretinas! Não respeita o sofrimento dos outros?! Passar bem!

E o morador entra na casa, falando em voz alta:

— Pobre vovô! Pobre vovô!

engano

Toca o telefone:

— Alô?

— Alô, a RÊ taí?

— É ela, quem tá falando?

— Oi RÊ, aqui é o FÊ.

— Oi FÊ, comé que cê tá?

— Tô bem. Eu queria vê se cê sabe por onde anda a TÊ.

— Sei sim. Ontem mesmo eu a encontrei na festa do PÊ.

— PÊ? Que PÊ?

— O mano do GÊ, aquele que é chegado na RÔ, lembra?

— Mas o PÊ não morreu?

— Esse PÊ não. Quem morreu foi o PÊ da LU.

— Ah, é mesmo! E por falar nisso, como tá a LU?

— A LU sofreu muito, mas agora tá boa, até já arranjou outro namorado, o GU. Cê manja?

— GU..., GU... Ah! Agora me lembro, é o cunhado da DÊ, aquela que faz medicina, né?

— Não, não. Esse aí é o JU, marido da ZÊ, se formou o ano passado em comunicação.

— Puxa! O JU conseguiu se formar? Como?

— Lembra da Sã, aquela japinha cê-dê-efe?

— Só.

— Então, ela passava cola pra ele na hora da prova.

— Mas, vamos falar sobre a TÊ, tá? Se cê encontrar com ela de novo, diz pra ela ligar pra mim, ok?

— Ué, cê não tem telefone aí na república.

— Mas eu nunca morei em república, eu tô no apê da VI.

— Pô, FÊ! Então cê mentiu pra gente.

— Cê deve tá enganada, eu nunca falei que morava em república.

— O quê? Cê tá me chamando de mentirosa? Pois fique sabendo que cê que é mentiroso.

— Pô, vê se não enche, Renata!

— Renata? Mas aqui quem tá falando é a REGINA.

— Regina? Então foi engano, me desculpe.

— Mas então quem é você?

— Fernando.

— Fernando? Cê me desculpa também, pensei que fosse o FERREIRA.

O nome

— Pois é, seu doutor, quero trocar meu nome.

— Trocar seu nome? Mas por quê?

— Ora, se o senhor tivesse um nome igual ao meu, também trocaria. Por um acaso o senhor gostaria de se chamar Fidelmegirdo Teobaldiano?

— Fi o quê?

— É isso mesmo, seu doutor, Fi-del-me-gir-do Te-o-bal-di-a-no, sim senhor!

— E quem foi que escolheu um nome desses para o senhor?

— Dizem que foi minha avó, em homenagem ao desgraçado do marido dela que tinha esse mesmo nome.

— Olha, seu Fi..., Fi..., Fi..., como é que é mesmo?

— Viu só, seu doutor, o negócio é feio mesmo. E olha que eu sou casado há mais de dez anos e a minha mulher ainda não decorou o diabo do meu nome. Ela sempre tem guardado no bolso um papelzinho pra ler antes de me chamar. É Fidelmegirdo, doutor.

— Então é isso aí, seu Fidermalgindo ...

— Não, seu doutor, é Fidelmegirdo. Fi-del-me-gir-do!

— Então, mas vou dizer para o senhor que não é fácil trocar de nome, mas com esse aí acho que vamos conseguir.

— Tomara, seu doutor. E não é que tem hora que também esqueço como é que se pronuncia?

— E como o senhor faz?

— Eu olho na minha carteira de identidade. O senhor acha que um homem pode viver bem com um nome desses?

— É, o senhor tem razão, não dá mesmo. E o senhor já tem outro em vista?

— Já, sim senhor.

— E qual é?

— Marcionerfilindo Valdencialino!

— O quê?!

— E isso aí, seu doutor, homenagem ao desgraçado do irmão do meu avô!

medo de médico

O netinho, curioso em saber por que o avô tinha uma certa implicância com médicos, perguntou:

— Vovô, você tem medo de médico?

O avô se espantou com a pergunta do neto. Fingiu não ter escutado e começou um assunto qualquer. O netinho, esperto que era, insistiu:

— Você tem medo de médico, vovô?

Vendo que não tinha como escapar da insistência do menino, o avô quis saber a razão de ele ter perguntado:

— Por que você quer saber, meu neto?

O menino foi categórico em sua resposta:

— Ora, você vive se queixando de uma dorzinha aqui e outra ali. A vovó sempre insistindo em levar você ao médico, e nada. O senhor tem medo?

O avô, admirado com a esperteza do rapazinho, foi decisivo:

— Tenho sim. De médico e de hospital.

— Por quê? — quis saber o neto.

— Porque, quando a gente vai ao hospital — continuou o avô —, o médico sempre acha uma doença que a gente nunca imaginava que tivesse. Às vezes, acha até mais de uma! E tem mais, eu não confio nem um pouco na medicina.

O avô falou mal de tudo quanto era médico que ele conhecia. Até os que ele não conhecia. E provou:

— Certa vez, de tanto a vovó insistir, eu acabei indo fazer uma consulta. Era com o médico da família. Desde o tempo do meu pai, que era o mesmo médico. Pois bem, marquei a consulta com o desgraçado um dia antes. Ele devia estar com seus oitenta anos ou mais. No outro dia fomos ao seu consultório. Eu e a sua avó. Mas não havia ninguém quando lá chegamos. Estava tudo fechado. Sua avó, então, resolveu telefonar para a casa dele. E adivinha só o que aconteceu?

— Nem imagino — disse curioso o menino —, conta logo!

O avô contou:

— O infeliz tinha morrido! Por isso é que eu não confio em médico nenhum.

O menino não entendeu:

— Mas, vovô...

Antes mesmo de o menino completar a frase, o avô falou:

— Como é que eu posso confiar num médico que não consegue nem salvar a sua própria vida? Como?!

a decisão

— Pai — disse a menina —, vou-me embora de casa!

— O quê? Mas por quê, minha filha?

— Estou apaixonada. Vou morar com ele.

— Você quer dizer casar, não é?

— Não, pai, ele é separado. Não pode se casar até que saia o divórcio.

— Você ouviu isso? — disse o marido à mulher. Ela vai se juntar com um vagabundo qualquer!

— Mas, meu bem — falou a mulher —, se eles se gostam, o que de mal tem nisso? O importante é a nossa filha ser feliz. Seja com quem for.

O pai se revoltou com a resposta da mulher. Acendeu um cigarro e falou:

— Só se for passando por cima do meu cadáver!

— Mas, pai...

— Nem mas, nem meio mas! E tenho dito! Não se fala mais no assunto!

A menina foi para o quarto chorar. A mãe foi atrás.

— Não fique assim, minha filha. Você sabe muito bem como é o seu pai. Atrasado, aquelas coisas!

— Então vou fugir, mãe! Saio de casa hoje mesmo.

— E o seu pai, menina?

— Deixo passar algum tempo. Depois ele se acostuma.

— Se é assim — disse a mãe, com os olhos cheios de lágrimas.

Pela madrugada a filha arrumou as malas. Pé ante pé deixou a casa sem fazer nenhum ruído.

Algumas horas depois, ela voltou. Chorando alto, acordou o pai e a mãe:

— Filha! O que aconteceu, menina? E essa mala aí? — falou o pai, sem entender nada.

— Aquele desgraçado me paga!

— Mas, filha — quis saber a mãe —, você não ia morar na casa dele?

— Pois é, mãe. Mas o desgraçado já estava me traindo com outra. E na nossa cama! Na nossa cama!

Os três passaram a noite toda quietos. A filha chorando, a mãe sorrindo e o pai sem entender nada.

calouros de medicina

Não há coisa mais chata que calouro de medicina. Não que eu tenha algo contra os médicos ou contra os estudantes em geral. Mas contra o diabo do calouro de medicina, ah, isso tenho!

E vou lhe contar por que escrevo isto... Não precisa? Você concorda comigo? Ótimo!

....

Ei, espera aí! Lembrei-me neste momento que escrevo crônicas e não seria justo parar por aqui, compreende? Eu dependo de você, não é? Bom!

Certo dia, ou melhor, certa noite tive a infelicidade de ir a uma reunião (dessas que são chamadas por aí de sociais) e lá encontrei um grupo de calouros de medicina, que, de tanta conversa furada, acabou tomando conta da festa:

— Eu quero me especializar em psiquiatria, mas vou logo dizendo que sou contra as teorias do Freud.

E quem é ele para duvidar de Freud se suas aulas nem haviam começado?

E um outro com cara de idiota:

— O Ivo Pitanguy não tá com essa bola toda não. Podem deixar que eu vou mostrar o que é ser um ginecologista!

Mal sabia ele que o dr. Pitanguy é cirurgião plástico.

E eu, já com claros sinais de irritação, tendo que escutar toda aquela besteirada. Só estava esperando sair o primeiro convidado, para dar o fora também. Enquanto ninguém saía, eu ouvia:

— É uma vergonha para nós, o Hosmany. Eu, como médico, fico decepcionado.

E a festa continuava no mesmo ritmo. Algumas pessoas bocejavam, outras tentavam puxar uma conversa diferente, mas não adiantava:

— Você viu o jogo do Brasil?

— Vi, mas o Reinaldo não tá jogando nada. Também, sem os quatro "ministros"...

Note que ele queria dizer meniscos e não ministros, mas, depois de tantas asneiras, o pessoal nem se tocou.

Até que, a certa altura, o filho do anfitrião, já de porre, começou a passar mal:

— Por favor, há algum médico aqui? — gritou o pai, desesperado.

Os calouros se entreolharam, e, sem ouvir resposta, um sujeito se levantou e dirigiu-se ao pai:

— Posso ver o menino?

— Pode.

Viu. E foi logo receitando:

— O senhor dê sal de frutas que melhora.

— O senhor é médico? — perguntou o pai, agradecido.

— Não, sou físico nuclear.

Pois é, tenho ou não tenho razão?

a ofensa

Contratou um detetive para segui-la:

— Quero um relatório no final de cada dia, entendeu?

— Pode deixar, doutor. Pode deixar — respondeu o detetive.

Seguia-a o tempo todo. Sem deixar escapar nada. Anotava tudo tintim por tintim. E no final do dia:

— Taqui, doutor. Tudo anotado.

— Ótimo. Amanhã a mesma coisa, certo?

O detetive não dava moleza mesmo. Com o caderninho na mão, fazia a vontade do doutor. A mulher nem sequer desconfiava. E nem tinha motivo para tal, pois nada fazia de errado, acho.

De manhã cedo ia levar os filhos à escola. Fazia compras pequenas na quitanda. Nada de suspeito. À tarde ia, às vezes, na manicura, outras na piscina tomar um solzinho ou mesmo bater um papinho despreocupado com as amigas do convívio. Mas o que ela não deixava de fazer era ir ao cabeleireiro. Todo dia às cinco da tarde ia ao salão pentear o cabelo. O detetive estranhou. Após três dias de averiguação:

— O estranho, doutor, é que ela vai todos os dias ao cabeleireiro.

O marido também já havia reparado.

— Tudo bem. Seu trabalho está cumprido — disse o marido, entregando o cheque ao detetive.

No outro dia, o marido resolveu averiguar pessoalmente. Colocou um vestido provocante da esposa, uma peruca loura, uma maquiagem no rosto e seguiu firme ao cabeleireiro. Chegou às quatro e meia. Na sala de espera, sentou-se para aguardar.

— Menina! Você está horríveeeelllll! — gritou o

cabeleireiro. — Vamos dar uma reformadinha em você, já, já!

Levou o marido a um quarto no andar de cima e tentou seduzi-lo.

— Vamos, meu bem, relaxa.

O marido já ia dar um sopapo no sujeitinho, quando a mulher entrou de supetão:

— Paulinho! Me traindo com esse bagulho!

Aí o marido se queimou de verdade:

— Pera lá! Bagulho não, minha filha! Eu ainda tô até bem conservadinha!

o pai de santo

Quando o filho nasceu, o pai não teve dúvida:

— Esse vai ser doutor!

Era o sonho do velho ver o filho vestido de branco, atendendo às pessoas mais necessitadas.

E desde cedo incentivava o menino à carreira médica. Seu passeio predileto era levá-lo ao hospital. Ficavam os dois sentados na sala de espera, observando as pessoas que por lá transitavam:

— Olha lá, filho! Aquele todo de branco ali é doutor. Tá vendo a maletinha dele?

O menino deitava no sofá e dormia profundamente. De quando em vez, levava um cutucão do pai:

— Acorda, filho! Lá vem outro.

O menino voltava a dormir. Às vezes, o pai se enganava:

— Veja, filho! Não, peraí, aquele lá é enfermeiro, pode dormir.

E assim o pai sonhava com o filho. Todo de branco, curando os enfermos.

O menino cresceu. Fez o vestibular. Levou pau no primeiro. O pai entristeceu, mas não desistiu:

— Estuda mais, filho, no outro você passa.

A verdade é que o menino não se interessava muito pelo estudo. Era meio esquisito. Tinha lá suas manias. Mas, para realizar um sonho antigo do pai, resolveu estudar pra valer.

Ficou na fila por muitos anos e não deu. Não conseguia passar nem para exames de fezes.

Até que resolveu tentar o vestibular fora do estado. O pai tentou convencê-lo a ficar, mas não teve jeito:

— Lá fora eu passo, pai!

E foi. Mais alguns anos na fila. Não adiantou. Nem com reza brava ele passava.

Resolveu desistir. E encarou sua vocação. Tornou-se pai de santo.

O pai, todo feliz, recebeu uma foto sua:

— Meu filho é doutor!

Não era bem o que o pai queria, não era doutor. Mas o importante é que atendia às pessoas mais necessitadas e se vestia de branco.

o atraso

Todo dia, às seis horas da tarde, Ronildo Madureira chegava ao boteco do seu Dilomar de Albuquerque para tomar a sua sagrada cachacinha. Seu Dilomar, atrás do balcão, lavava os copos e os pratos lascados. O velho relógio da parede deu as seis badaladas. Seu Dilomar olhou para ele e depois confirmou no relógio de pulso: seis horas em ponto! O dono do estabelecimento estranhou a demora de Ronildo Madureira. Exatamente às seis e quinze, Ronildo entrava no bar. Estava suado, pálido, nervoso. Seu Dilomar, sem largar o serviço, quis saber o motivo do atraso.

— Tá atrasado hoje, hein, Ronildo. Aconteceu alguma coisa?

— Nem te conto, seu Dilo (como era mais conhecido pelos fregueses), nem te conto! — E, fazendo um sinal com o polegar e o mindinho: — Bota aí uma branquinha, seu Dilo, que é pra eu contar a história.

Seu Dilomar lavou as mãos que estavam ensaboadas e as enxugou no antigo e encardido avental. Foi até a prateleira, pegou a garrafa de costume, colocou a caninha no pequenino copo e entregou ao freguês.

Ronildo Madureira deu uma forte cheirada na pinga, ofereceu um pouquinho para o santo e, numa talagada só, esvaziou o copo. Nunca Ronildo atrasara tanto. Alguma coisa de grave teria acontecido. Quinze minutos de atraso, pensava seu Dilomar. Fazia quinze anos que Ronildo, às seis da tarde, pontualmente, chegava ao bar de Dilomar de Albuquerque para tirar um dedinho de prosa. Hoje, quinze minutos de atraso.

Enquanto Ronildo limpava a boca com as costas da mão, seu Dilomar esperava impacientemente:

— Conta logo, Ronildo, conta logo!

— Calma aí, seu Dilo, primeiro tenho que me refazer

do susto. Me vê aí outra dose — fazendo o mesmo gesto com a mão. — Hoje o dia foi brabo, seu Dilo, foi brabo, nem te conto!

Ronildo novamente deu uma cheiradinha na maldita, agora mais suavemente, jogou um pouquinho para o santo e, numa virada, mandou a desgraçada goela abaixo. Fez uma careta, fechando os olhos e mostrando os poucos dentes que possuía na boca.

— Eta, sô! Essa é das boa!

Seu Dilomar, já com sinais visíveis de irritação, esperava o relato do amigo. Ronildo resolveu falar, puxou o amigo pelo colarinho e sussurrou em seu ouvido:

— Bom, o negócio é o seguinte, seu Dilo, eu estava... Ah, seu Dilo, bota mais um pouquinho aqui, que depois eu conto.

Seu Dilomar encheu novamente o copo e Ronildo repetiu o ritual. A cheiradinha, um pouquinho para o santo, a careta. Nervoso com aquilo tudo, seu Dilomar não se conteve:

— Ô homem de Deus, cê vai contar ou não vai?!

Ronildo, sentindo que não era hora ainda de falar, apontou para a garrafa que estava em cima do balcão.

— Bota aqui, homem, não seja teimoso!

Seu Dilomar teve que obedecer, afinal o freguês era antigo, nunca criara problema, nunca deixara nada pendente, não era do seu feitio pedir fiado.

Copo cheio, Ronildo procedeu da mesma forma, só que desta vez não ofereceu para o santo.

— Pro santo chega, senão fica bebo! — falou tropeçando nas palavras.

Estava tonto. Seu Dilomar, apreensivo, esperava. Categórico, Ronildo pediu outra dose:

— É a última, aí eu conto.

Seu Dilomar colocou a pinga e Ronildo nem mesmo a cheirou. Bebeu num gole só.

Às nove horas, quando Ronildo já havia acabado com

duas garrafas, olhou para seu Dilomar e, enrolando a língua, perguntou ao dono do bar:

— Que é... que é mes... mesmo que o se... senhor quer saber?

Ora essa, por que motivo você chegou atrasado hoje?

— Ué, seu Dilo, cheguei, é?

Todo dia às seis em ponto, Ronildo chegava ao bar de seu Dilomar para um dedinho de prosa. Nunca mais se atrasou e seu Dilomar nunca ficou sabendo o motivo do atraso de Ronildo Madureira.

o psicanalisado

— Você não ouviu o que o doutor disse?

— Ouvi, mas eu estou quieto. Você que começou.

— Mas eu não falei nada.

— Como não? Você que puxou conversa. Eu estava no meu canto. Você não tinha nada que perguntar o que o doutor disse, ou tinha?

— Não, não tinha. Mas não aguentei. Precisava falar.

— Você não toma jeito mesmo, hein? Vê se cala essa boca! Um mês de sessão todos os dias e não aprendeu nada.

— Aprendi, sim. É que escapou. Se pelo menos você tivesse fingido que não escutou...

— Fingir como? Você falou tão alto que todo mundo no ônibus deve ter escutado. Tá vendo aquela senhora sentada no banco da frente?

— Qual? Aquela de chapéu engraçado?

— Ela mesma. Tá olhando até agora. Vê se manera no tom!

— Tá bom. Vou ficar calado.

— Psiu!

— Psiu! Psiu!

— O que foi agora?

— Para de assoviar.

— Assoviar não pode?

— Poder, pode. Mas não desafinado desse jeito.

— Olha lá a velha olhando de novo, tá vendo? Ela deve estar pensando que sou maluco.

— E não é?

— Claro que não. Só porque vou ao psicanalista de vez em quando?

— Todos os dias!

— Mas estou quase curado.

— Qualoquê?!

— Puxe a campainha que a gente vai descer.

— Até que enfim, última sessão!

— É, mas desse jeito acho que não vai ser não.

Já no consultório, deita-se no divã. Olha desesperançoso para o psicanalista, e fala:

— Não adianta, doutor. Eu não consigo parar com essa mania de falar comigo mesmo.

o dia especial

A mulher acordou. Cutucou o marido:

— Benhê! Benhêêêê!

— Hummmm. Que horas são?

— Sabe que dia é hoje?

— Domingo. Deixa eu dormir mais um pouquinho, vai.

— Hoje é dia 15. Não se lembra?

— Dia 15?

— É! É!

— Que que tem?

— Puxa vida! Então você não se lembra, né?

A mulher levantou decepcionada. Enquanto o marido roncava despreocupadamente.

Às onze horas o marido levantou. A mulher estava sentada à mesa tomando seu café. O marido beijou-a na testa carinhosamente. A mulher sorriu:

— Lembrou?!

— Anh?

— Lembrou que dia é hoje?

— Não me diga que é o seu aniversário? Não, não pode ser. Foi o mês passado. É o da sua mãe?

— Que minha mãe, que nada! Já faz cinco anos que ela morreu, não se lembra?

— Não adianta, meu bem. Tô meio ruim da memória. Peraí, lembrei!

— Ufa, até que enfim!

— Aniversário de casamento! Acertei?

— Tá frio. Deixa pra lá.

— Eu ando meio cansado mesmo, querida. Fala pra mim. Fala que dia tão especial é esse.

A mulher não quis falar. Foi para a cozinha preparar o almoço. O marido foi à banca de jornal, tentando adivinhar o que o dia tinha de especial:

— Dia 15... 15... 15...

Quando voltou, a mulher não estava em casa. Foi até a cozinha, havia um pequeno bolo com uma vela acesa. Um bilhete afixado na porta da geladeira: "Volto logo, fui à quitanda. A propósito, feliz aniversário!".

O marido, com os olhos cheios de lágrimas, apagou a velinha.

o cachorrinho da madame

O marido já não suportava mais aquela situação. Desde que dera à mulher aquele cachorrinho, sua presença dentro de casa não valia grande coisa.

Para ela o cachorrinho era tudo. Vivia no seu colo, dormia na sua cama, banhava-se na sua banheira, almoçava e jantava na sua mesa. Só faltava mesmo o cachorro exercer as funções de marido, coisa que o próprio marido tinha uma certa dúvida de já não haver ocorrido, pois o chamego era tão grande que dava para desconfiar. E num tom de insegurança ele dizia:

— Olha lá, Célia. O homem desta casa ainda sou eu, ouviu?

A mulher calmamente respondia:

— Ele é apenas um inocente cachorrinho, querido.

O tempo foi passando e os cuidados da mulher em relação ao cãozinho aumentaram. O apego tornou-se tão grande que o marido àquela altura não significava mais nada de nada. E nem mesmo as suas reclamações a mulher escutava.

Certo dia o marido resolveu dar um basta àquilo tudo e, sem se preocupar com a vizinhança, gritou:

— Ou você toma rumo com esse animal para sempre ou faço minhas malas e desapareço da sua vida!

Célia olhou assustada para o marido, pois nunca tinha lhe falado com tamanha violência.

Como não havia escapatória, Célia teve que tomar uma séria decisão. E com o dedo indicador apontado para a porta, ela ordenou:

— Passa, Lulu! Vamos, saia!

Lulu abaixou a cabeça e, com os olhos cheios de lágrimas, caminhou devagarinho em direção à rua.

Quando Lulu havia saído, Célia tomou Ricardo em seu colo, e este, abanando o rabo, latiu e lhe deu uma lambida no rosto.

Olavo que não era Bilac

Aos que sentem a poesia
no coração.

AMANHECEU. Olavo acordou com os raios de sol em seu rosto, esfregou os olhos com as costas das mãos e levantou. Caminhou em direção à janela. Olhou para o mar, olhou para o sol, olhou para a vida.

Sentiu necessidade de uma poesia, uma poesia que refletisse toda a beleza daquela manhã. Sentou-se à máquina de escrever e começou a pensar, pensar, pensar...

Tinha o mar, o sol, a vida, a máquina, mas não tinha a poesia.

ENTARDECEU. Olavo resolveu sair de casa. Sentou-se no banco da praça. Olhou para as pombas, olhou para as flores, olhou para a vida.

Sentiu necessidade de uma poesia, uma poesia que refletisse toda a beleza daquela tarde. Colocou o papel sobre o colo e começou a pensar, pensar, pensar...

Tinha as pombas, as flores, a vida, o papel, mas não tinha a poesia.

ANOITECEU. Olavo voltou para casa, caminhou novamente para a janela. Olhou para a lua, olhou para as estrelas, olhou para a vida.

Sentiu necessidade de uma poesia, uma poesia que refletisse toda a beleza daquela noite. Voltou à máquina e começou a pensar, pensar, pensar...

Tinha a lua, as estrelas, a vida, a máquina, mas não tinha a poesia.

ADORMECEU.

AMANHECEU. Olavo acordou com os raios de sol em seu rosto, esfregou os olhos com as costas das mãos e levantou. Caminhou em direção à janela. Cerrou as cortinas e voltou a dormir.

Sonhou, sonhou, sonhou...

Atual Editora

QUE AZAR, GODOFREDO!

Alexandre Azevedo

UMA PROPOSTA DE TRABALHO

TRANSAS & TRAMAS

Nome: ______________________ Ano: ________

Escola: ______________________________

Que azar, Godofredo!, de Alexandre Azevedo, apresenta uma visão irônica e muito bem-humorada da sociedade atual. Brincando com os fatos do dia a dia, estas crônicas nos divertem à medida que costumes e valores são criticados. Vamos pensar um pouco sobre elas.

I — ANÁLISE DAS CRÔNICAS

Enredo

1. As crônicas de *Que azar, Godofredo!* podem ser agrupadas de acordo com suas temáticas. Identifique quatro crônicas que se enquadrem em cada um dos seguintes grupos:

a) Abordam a relação homem e mulher.
Exemplo: 'Traição'

____

____

b) Abordam a falibilidade de profissionais e autoridades atuais.

____

____

c) Apresentam personagens típicos da sociedade atual.

____

____

d) Baseiam-se no mal-entendido, no duplo sentido ou no equívoco.

____

Esta proposta de trabalho integra a obra *Que azar, Godofredo!*. Não pode ser vendida separadamente. © SARAIVA Educação S.A.

2. ‘Passagem para Pasárgada’ remete-se diretamente ao poema ‘Vou-me embora pra Pasárgada’, de Manuel Bandeira. Leia esse poema (você pode pedir a seu professor) e, em seguida, responda:

a) O que simboliza “Pasárgada” no poema e na crônica?

____

____

b) De acordo com os registros, Manuel Bandeira foi o único a viajar para Pasárgada. Depois disso, segundo a crônica, a Viação Sonhos do Poeta fechou essa linha, pois não dava lucro. Esse desfecho torna a crônica mais “pessimista” que o poema? Explique.

____

____

3. Na crônica ‘S...?’, a cada gravidez da esposa, Sérgio faz planos para o futuro filho e procura-lhe um nome adequado. Qual é a relação existente entre esses planos e os nomes sugeridos?

a) “Grandes planos, grandes nomes: Napoleão, Marco Antônio, Juscelino, Getúlio, Deodoro.”

____

____

b) “Pequenos planos, pequenos nomes: Ivo, Hugo, Rui, Ito, Ado...”

____

____

4. Em alguns textos, a esposa substitui o marido por algum outro elemento.

a) Indique o que substitui o marido em:

‘O bilhete’: ____

____

‘Traição’: ____

‘O cachorrinho da madame’: ____________________________________

b) Que ideia sobre o casamento é passada para o leitor através dessas substituições?

____

10. Podemos afirmar que o comportamento desses personagens reflete a realidade dos dias atuais? Por quê?

Espaço

11. A crônica 'Na fila' coloca o personagem enfrentando uma situação bastante difícil, tendo em vista os aspectos sensórios (ligados aos cinco sentidos humanos) presentes no texto. Aponte quatro aspectos que colaborem para a criação do clima desagradável nesse texto.
Exemplo: Estava um calor insuportável.

Tempo

12. Como você já sabe, as crônicas lidas abordam temas dos dias atuais, algumas vezes evidenciando indefinição ou inversão dos papéis das pessoas na sociedade. Desse modo, explique qual é a relação existente entre o título 'Novos tempos' e a história narrada nessa crônica.

13. Há outra crônica que traz essa inversão de papéis? Qual?

Narrador

14. Os textos de *Que azar, Godofredo!*, no geral, apresentam narrador em 3ª pessoa. Entretanto, há crônicas que se narram apenas por diálogos ou com pequenas intervenções do narrador.

a) Cite duas crônicas em que há predominância de diálogos e duas em que o narrador assume totalmente a posição de "contador da história".

c) Tanto a utilização de palavras próprias do falar caipira, quanto o não conhecimento do sentido de uma palavra contribuem para a caracterização do personagem. Explique como é esse personagem a partir de sua linguagem.

---

7. A caracterização do personagem através de sua linguagem acontece também com João Boca de Caçapa, em 'O repórter e o bandido'.

a) Como é a linguagem desse personagem? Retire dois exemplos do texto que comprovem a sua resposta.

---

b) Caracterize João Boca de Caçapa tendo em vista o seu modo de falar.

---

8. Na crônica 'O engano', há uma confusão devido à forma monossilábica de comunicação utilizada pelos personagens.

a) Você percebe uma forma de falar monossilábica em pessoas que vivem ao seu redor?

---

b) Você acha que isso facilita ou dificulta a comunicação, a troca de ideias entre as pessoas? Por quê?

Personagens

9. Comente as atitudes comprometedoras dos seguintes personagens:

a) O prefeito da cidade (em 'O juiz').

---

b) O padre (em 'Toma, que o filho é teu!).

---

c) O morador do 934 (em 'O telegrama').

---

c) Você concorda com essa ideia sobre o casamento? Por quê?

d) Em 'O cachorrinho da madame', quando Célia toma sua decisão e manda Lulu embora, o leitor pode pensar que a escolha foi favorável ao marido? Por quê?

5. Em 'Olavo que não era Bilac', o texto acompanha a sequência de um dia: amanhece, entardece e anoitece. Porém, amanhece novamente e o personagem prefere dormir. Por que ele faz essa opção?

Linguagem

6. A linguagem coloquial é predominante em todas as crônicas lidas; entretanto, muitas vezes, o autor utiliza a linguagem para uma melhor caracterização dos personagens.
Leia o seguinte trecho da crônica 'A entrevista':

"[...] O senhor possui prole?

—Bão, seu moço, prole das grandes eu num possuo não. Se o senhô oiá dereito, pode vê que meu sítio é dos pequenininho, tá mais pra prolezinha mesmo, sim senhô."

a) Agora, retire desse trecho os termos que expressam uma forma de falar regional, comumente chamada de caipira.

b) Seu Durvalino não conhece o sentido da palavra "prole". Qual foi o sentido que ele atribuiu a esta palavra?

b) Como podemos caracterizar o narrador de 'Calouros de Medicina'?

____

____

II — ENRIQUECIMENTO E INTEGRAÇÃO

15. A crônica 'Que confusão' mostra a curiosidade infantil e uma certa lógica que desorganiza o pensamento adulto.
Faça uma pesquisa ou converse com seu professor de Geografia a respeito de planetas e estrelas e coloque "ordem" na confusão estabelecida nessa crônica.

16. Faça uma comparação da crônica 'Quem é que canta de galo?' com 'O canto do galo', de Fernando Sabino (você pode encontrar esse texto no livro *O homem nu).* Observe as semelhanças e diferenças no que se refere a:
a) sequência dos acontecimentos;
b) comportamento dos personagens;
c) desfecho.

17. A partir da leitura de 'Calouros de Medicina', 'Medo de médico' e 'O pai de santo', discuta com seus colegas a questão profissional nos dias de hoje.
Sugestão de pontos para reflexão:
• A escolha correta da profissão: fatores influentes (pais, aptidão, mercado, etc.).
• O profissionalismo: competência, ética profissional, etc.

III — REDAÇÃO

18. Faça uma redação (narração ou dissertação) a partir da sua interpretação do trecho final da crônica 'O suicida':
"E a cada janela por que passava, via a vida de cada morador, as suas dificuldades, as suas agonias, os seus sofrimentos. Por que estava fazendo isso, se todas as pessoas eram iguais a ele? Uma lágrima saiu de seus olhos. Ao chegar no segundo andar viu uma criança brincando na sala.
No primeiro andar arrependeu-se."

19. Tomando como ponto de partida as crônicas 'A decisão' e 'O bilhete', discuta com seus colegas (levantando pontos positivos e negativos) sobre o casamento nos dias de hoje. Após a discussão, elabore uma dissertação cujo tema será a importância ou validade do casamento hoje.

20. Escolha um fato do dia a dia (ou mesmo uma piada) e narre-o em forma de crônica. Você pode opinar sobre os fatos narrados e usar uma linguagem bastante informal.

Você gostou do livro *Que azar, Godofredo!*? Por quê? Se quiser, manifeste sua opinião a respeito do livro escrevendo para o autor, no *e-mail* paradidatico@ editorasaraiva.com.br.